야생화를 찾아서

야생화를 찾아서

발행일   2018년 2월 7일

지은이   박 강 수
펴낸이   손 형 국
펴낸곳   (주)북랩
편집인   선일영   편집   권혁신, 오경진, 최예은, 최승헌
디자인   이현수, 김민하, 한수희, 김윤주   제작   박기성, 황동현, 구성우, 정성배
마케팅   김회란, 박진관, 유한호
출판등록 2004. 12. 1(제2012-000051호)
주소   서울시 금천구 가산디지털 1로 168, 우림라이온스밸리 B동 B113, 114호
홈페이지   www.book.co.kr
전화번호   (02)2026-5777   팩스   (02)2026-5747

ISBN   979-11-5987-993-7 03810(종이책)   979-11-5987-994-4 05810(전자책)

이 도서의 국립중앙도서관 출판예정도서목록(CIP)은 서지정보유통지원시스템 홈페이지(http://seoji.nl.go.kr)와
국가자료공동목록시스템(http://www.nl.go.kr/kolisnet)에서 이용하실 수 있습니다.

(주)북랩 성공출판의 파트너
북랩 홈페이지와 패밀리 사이트에서 다양한 출판 솔루션을 만나 보세요!
홈페이지 book.co.kr · **블로그** blog.naver.com/essaybook · **원고모집** book@book.co.kr

야생화를 찾아서

박강수 시집

북랩 book Lab

Prologue

이 시집을 다음과 같은 분들에게 권합니다.

이름 모를 풀꽃과 야생화를 좋아하는 분이나 자연의 신비와 아름다움을 사랑하는 분이 읽으면 야생화에 관한 상식이 풍부해지고, 우리 주변의 자연에 더욱 흥미를 갖고 사랑하며 자주 찾게 될 것입니다.

끝으로 이 시집을 내는 데 사진에 도움을 준 동문이며 가까운 친구인 김기섭 前 교장 선생님께 감사를 표하고, 항상 나의 곁에서 시 쓰는 일을 돕고 수정도 해 준 부인 김정희 여사께 진심으로 감사드립니다.

목차

Prologue ···································· 5

episode I. 야생화향을 찾아

상사화 ························· 12

코스모스 ························· 14

연꽃 ························· 16

들꽃 같은 당신 ············· 18

야생화 얘기 ················· 20

산수유 ························· 22

제비꽃 ························· 24

찔레꽃 ························· 26

봉선화 ························· 28

갈대 ························· 30

냉이꽃 ························· 32

매화 ························· 34

두릅순 ·········· 36

들국화 ·············· 38

맨드라미 ············ 40

진달래 추억 ············ 42

백일홍 ············· 44

동백꽃 추억 ············ 46

유채꽃 ············· 48

할미꽃 ············· 50

도라지꽃 ············ 52

백합 ············· 54

무궁화 소원 ············ 56

사찰에 핀 매화 ·········· 58

episode II. 교직 생활의 추억

하굣길 풍경 ············ 62

소금처럼 살자 ··········· 64

별 이야기 ············· 66

교사의 바람 ············ 68

명예퇴임을 하면서 ·············· 70

네팔 여행의 추억·················· 72

비무장지대 나는 새·············· 76

episode III. 자연과 가족사랑

내 고향················· 80

대나무밭의 추억 ················ 82

봄비 ················· 84

늦가을 시골풍경 ················ 86

운악산의 가을 ················ 88

풀잎 노래 ················ 90

가을의 한낮 ················ 92

꽃과 벌 ················ 94

바람의 노래 ················ 96

고향 시냇가 ················ 98

슬픈 매미 ················ 100

눈 내린 아침 ················ 102

섣달 그믐날 ················ 104

눈꽃 ································· 106

만추(晩秋) ······················· 108

일출(日出) ······················· 110

고사리 ··························· 112

남해 바다························· 114

비둘기의 슬픔 ··················· 116

물 여행························· 118

취 ······························· 121

달래 ····························· 122

보리 서리 ······················· 124

쑥 캐는 추억 ···················· 126

녹차를 마시며 ··················· 128

소중한 두 아이 ·················· 130

다래 따먹기 ····················· 132

등산객 행렬 ····················· 134

연탄과 김장 ····················· 136

episode I.

야생화향을 찾아

상사화

한 뿌리에서 자라나 꽃이 먼저

줄기가 올라와서 꽃이 피고

나중에 잎이 돋아나는 상사화

전생에 무슨 잘못을 하여

서로 함께 돋아 푸른 잎이 자라고

예쁜 꽃이 피며 의좋게 함께 살지 못하나

하늘의 별 직녀와 견우처럼

너희도 서로를 그리워하고 생각하며

평생을 살아야 하기에

상사화라 일컫고 이름 지었나

우리나라가 원산지이며 관상용으로 자라왔지

야생화를 찾아서

꽃은 팔월부터 구월에 피고

네 송이에서 여덟 송이가 피나 나중에 갈라지며

암술 하나 올라와 씨방은 있으나

씨를 맺지 못한다

코스모스

신이 이 세상에 처음 만든 꽃이라는
신화를 가진 꽃
여덟 장의 꽃잎이 질서 있게 늘어선 너
주로 가을에 길가에서 많이 볼 수 있으며
농촌이나 도시를 방문하는 이들을
웃으며 맞아 주는 수줍어하는
소녀를 닮은 예쁜 꽃이다

바람에 한들거리는 빨갛고 연보라 흰색의 꽃
그 위를 고추잠자리가 나는 모습은
우리나라 여름과 가을에 볼 수 있는
아름다운 풍경의 하나다

야생화를 찾아서

밭이나 논가에 코스모스를 심고
소녀의 여리고 한결같은 순정이라는
꽃말을 가진 아름다운 가을꽃이다

코스모스 때문에 난 많은 고생을 했고
잊혀지지 않는 추억이 남아 있어
88올림픽 개최 무렵
우리나라를 방문하는 외국인들에게
깨끗한 거리 모습을 보여주려고
아이들과 함께 길가에 나가
생명력 강한 코스모스를 심었다

먼 나라 멕시코가 고향인 너
선교사에 의해 우리나라에 일찍 도입되었고
지금은 도로변 여기저기서
가을바람에 하늘거리며 수줍음을 많이 타는
시골소녀 같은 코스모스를 많이 볼 수 있다

연꽃

연잎 뒤에 숨어 자란
불긋한 꽃망울
아무도 모르게 살짝
수줍은 얼굴 내밀었다

간밤에 달빛 받으며
찬 이슬로 세수하고
진흙탕 흙 딛고서 까치발로 서 있다가
혹세의 욕심 또르르
연잎에 내려놓다

살을 에는 추위와 흙탕물에서도

힘든 질곡의 아픔 아름답게 승화하며

부끄러워 연잎 뒤에 살짝

예쁜 민낯 내밀어

환하게 웃으며 온 세상 밝히다

들꽃 같은 당신

산마을에 태를 묻은 맑고 낭만적인 아이
들판에 핀 풋풋하고 청순한 들꽃을 좋아했다
거친 땅에서 비바람 혹독한 추위 이겨내며
봄이면 주변에 그윽한 향 풍기다

고통스러운 가시밭에서도 향을 잃지 않은
들꽃은 항상 나무 곁에서 아름답게 피었다
이젠 평탄하고 새소리 나는 들길에서
영원히 함께하고 싶다

내 삶의 길을 황량하지 않은
아름답고 비옥한 길로 만들어준
순결하고 아름다운 들꽃이여

야생화를 찾아서

야생화 얘기

야생화 화단을 지나칠 수 없어
조심스레 앞에 걸음을 멈추다
진솔한 얘기 듣고 싶어
꾸밈없는 삶 엿보고 싶어

도란도란 얘기 소리 들리다
어서어서 서둘러야 한다고
척박하고 메마른 땅이라도
산과 들에서 자란 볼품없는 꽃이래도
튼실하고 소담한 꽃망울 맺어
작지만 아름다운 꿈 펼쳐보자고

야생화를 찾아서

간밤에 휘젓고 간 비바람 때문에
줄기와 꽃대가 넘어지고 꺾였다
떨린 손으로 줄길 새우고
수북이 흙을 모아 다독여 준다
어서어서 네 꿈 향해 일어서라고

짙푸른 잎사귀 위에
작은 우주가 아침 햇살에 빛나고
살랑댄 바람에
풋풋한 꽃향기 멀리 퍼지다
진보라 붓꽃 연주황 원추리 한데 어울려
하늘 향해 키 재기하듯 꽃망울 터트리다

수줍어 남모르게 가꿔온 소망
아침 안갯속에 살며시 펼치고
해맑은 미소 고운 자태
누구보다 아름답게 뽐내보련만
다소곳이 고개 숙였다

산수유

빨갛고 길쭉하며 향기로운 꽃
삼월과 사월에 피고
겨울에 떨어진 면역력을 높여 주기도 하며
남자에게 참 좋은데 이걸 말로 표현할 수 없어란
우스운 TV 광고를 봤으나
남자에게만 좋은 것이 아니라
여자의 갱년기 증상 완화에도 이롭다 한다

전남 구례에 가면 해마다 산수유축제가 열리고
나도 얼마 전에 학교 교원과 함께
산수유축제에 놀러 간 적이 있으며
이곳은 정말 마을 전체가 산수유 꽃과
열매로 빨갛게 수놓아 있었다

야생화를 찾아서

강정에 효과가 있다고 하여

나도 산수유 술 한 병 사와

아껴 마셨다

지금도 사월이 지나 집 근처 공원에 가면

신맛 나는 산수유 열매를 본다

제비꽃

따뜻한 봄이 되면 제비와 비슷하게 닮은
말쑥한 자태를 지닌 야생화 제비꽃이 핀다
앉은뱅이 비슷하게 낮게 돋은
잎줄기 사이에서 꽃대가 올라오며
예쁜 연분홍 꽃을 피우고

여기저기 들에 제비꽃이 피면
강남 갔던 제비도 우리나라를 찾는다
머나먼 바다를 날고 날아서
지난해 살던 시골집 처마에 날아들면
정 많은 시골 아이들에게 환영을 받으며
파랗게 나온 어린순은 나물 무쳐 먹었고
흰 제비꽃은 농촌에 행복을 가져다준다 해
농촌에선 환영받는 꽃이다

야생화를 찾아서

너무도 말쑥하고 나지막하게 피어난
제비꽃은 겸양이란 꽃말을 지녔고
약용으로 이용되는 귀한 꽃이 되었다
삼천 리 들에 많이많이 자라며
가난한 우리 농촌에 행복 가져오길
간절한 마음으로 기원하고 싶다

찔레꽃

어릴 적 파랗고 작은 잎을 조심스레 따먹으며

주린 배를 채웠던 찔레꽃

하얗고 연분홍으로 소박하게 피며

향이 강한 귀엽고 소박한 찔레는

우리나라 산과 들, 계곡 가에서 자라고

진 빨간 찔레 열매는 꽃이 지고서 그 자리에 달리며

잘 익으면 약용으로 쓰이며

산비둘기와 꿩 등의 새들도 좋아하며 따먹는다

시골 아이들도 많이 따먹으며 놀았다

야생화를 찾아서

조심스레 따먹어라

톱니 같은 잎과 가시에 긁히지 않도록

아이들은 서로를 염려했다

산새들도 떼 지어 찔레나무에 날아와

잘 익고 말랑한 찔레 열매를 먹으며 배를 채웠다

찔레꽃은 작고 소박하여 서민적이지만

사람들로부터 귀하게 사랑받는 장미꽃을

시샘할 듯도 한데 그저 운명처럼

조용하게 산과 들 기슭에서 아름답게 살고 있지

봉선화

시골집 장독대 옆 조그마한 화단에
여름이면 빨갛고 분홍색 흰색 꽃을 피워
내 여동생의 맘을 설레게 하였지
시골의 여자아이들은 너나 할 것 없이
손톱에 봉선화 꽃잎 두르고 있다가
누가 더 빨갛고 예쁘게 물들었나
귀여운 손가락을 내밀며 서로 비교한다

막내 여동생도 나를 귀찮게 조르면
백반가루 섞어 예쁘게 손가락에 동여매어
오래가며 아름답고 예쁜 손톱을
물들여 주었다

야생화를 찾아서

어느새 세월이 많이 흘러

가족들은 뿔뿔이 흩어져

막내 여동생도 두 남매를 둔 엄마가 되고

회갑을 지낸 지 오래된 난

흰 머리가 희끗희끗한 반백이 되었네

가끔 시골에 내려가면

정든 고향 집은 온기가 사라지고

찬바람만 집 주위를 감싸고 있으며

장독대 옆 봉숭아도 쓸쓸하게

홀로 고향 집을 지키고 있다

갈대

하천 가나 습지에서만 자라야 하는
태생을 지닌 황금빛 갈대
귀족으로 태어나 아무 곳에서나 살 수 없는 넌
고결하게 곧게만 자라며 강하지 못해
가만히 부는 바람에도 흔들리고

온 세상이 누렇게 황금빛으로 물든 가을에
억새란 식물과 모습이 비슷하여 많은 이가
너를 모르고 억새라 부르지
너와 비슷한 산과 들에서 자라는 억새는
너의 가까운 친구란다

잔잔하게 부는 강바람을 맞으며
고운 목소리로 노래를 부르고
가볍게 몸을 흔들며 춤을 추는 너
어떤 이는 널 줏대 없고 변절 잘하는 여자로 표현
안 좋은 평을 받기도 한다

아무리 그래도 널 좋아하고 낭만을 지닌
이들은 가을이면 갈대축제를 찾아서 모여들고
너희 앞에서 어깨 모아 사진을 찍고서
행복하고 즐거운 웃음을
산 밑까지 날려 보낸다

냉이꽃

어느 밭이나 들에 피어

봄이면 볼 수 있으며

잎 전체에 털이 있고

흰 꽃이 예쁘게 피어

꽃이 진 후 열매를 맺는 냉이꽃

어린 순은 흰 뿌리와 함께

봄이 되면 시장에서 볼 수 있으며

나물로 먹거나 된장국에 넣어 먹기도 한 너

비타민 B1과 C가 풍부해

봄이면 우리 몸에 힘이 나게 하지

야생화를 찾아서

한방에서는 귀한 약재로 사용하여

비장을 좋게 하고 피를

멈추게 하는 지혈에도 도움을 준다 하고

우리나라를 비롯한 온대 지역에

많이 분포되어 자라며

오뉴월경 여름이면 흰색의

냉이꽃을 흔히 볼 수 있다

어릴 적 난 따뜻한 봄이 되면

밭이나 들에 나가 냉이를 캐어

어머니께 가져가 온 식구와

식사를 맛있게 하였고

이젠 이른 봄부터 밭둑이나 들에 나가

냉이를 캐어 시장에 팔지

매화

차가운 바람 귓볼 스치면
잔털 자욱한 연한 꽃망울
맺힌 이슬 툭툭 털며
천상의 미소 가득 머금은 채
어여쁜 연노랑 얼굴 내밀다

아직은 쌀쌀한 체온이지만
가슴 깊이 따스한 온기 품고서
누구보다 먼저 용기 있게
그윽한 향으로 온 세상 밝힌
희망의 등대이며
봄의 전령사

야생화를 찾아서

연노랑 자태

고결한 네 모습

감히 접근하기 어렵지만

하얗고 티 없는 네 맘은

만인의 사랑을

독차지하기 충분해

두릅순

땅 두릅과 나무 순 두릅이 있는 두릅은
우리가 흔히 꽃이 안 피는 것으로 잘못 아나
땅 두릅은 꽃이 피고 진 후
열매를 맺다
과수원에선 과수나무 옆에
염치없이 자라는 땅 두릅을
터줏대감 취급하며 자라게 한다

봄철에 나는 두릅나물은
해열 진통 및 소염 작용을 하며
나무 순 두릅은 해열 작용을 한다
나는 가족 모두 두릅나물을 좋아하여
처와 함께 산을 오르며
두릅나무를 찾아 일찍 나오는
보드라운 나무 끝 순을 따오고는 한다

야생화를 찾아서

이젠 사람들이 너무도 두릅나물을 좋아해

밭 가나 산 밑에 두릅나무를 심어 가꾸고 있어

두릅을 시장에서도 많이 볼 수 있으며

이른 봄이면 여기저기서 판다

들국화

양지바르거나 그늘진 낮은 산에 자라며
불어오는 가을바람에 하얀 꽃을 흔들거리며
산길을 지나는 이들을 반겨주는 친절한 너

구월 가을에 주로 꽃을 꺾고 꽃잎을 말려
차를 끓여 마셔서
구절초라고 하며
순수하고 희망찬 모습 그대로
순수와 희망의 꽃말을 지녔지

나는 어릴 적 시골에서 자라며
동네의 낮은 뒷산에 올라
향긋한 들국화 향을 맡으며 놀았고
낮은 도토리나무 밑을 빠르게 기는

야생화를 찾아서

새끼 까투리를 쫓거나

풀을 열심히 뜯으며 주린 배를 채우는

우리 집 누런 왕눈이 황소를 돌보았다

맨드라미

칠월부터 구월까지 우리 주변에서
흔히 볼 수 있고 붉은빛을 띠거나
노란빛도 있는 꽃
시들지 않은 사랑이란 꽃말을 지닌
넌 맨드라미꽃이다

누구를 향한 열정적 사랑을 하기에
그런 꽃말을 지녔을까
어릴 적 난 학교에서 돌아와
집에 갔는데 먹을 것이 없고 배가 고프면
아래 텃밭에 들어가 오이도 따 먹고
운이 좋으면 가끔 노란 참외나 수박을
따 먹고 내 동생들에겐
먹지 않은 척하였지

그러다가 밭 가장자리에 붉게 핀
맨드라미를 보고 손으로 만져보곤 했는데
마치 집에서 기르는 수탉의 벼슬을 만진 느낌이었고
전생에 수탉이 죽어 맨드라미가 되지 않았나 하는
재미있는 상상을 하였다

고혈압 증세를 완화해 주거나
꽃차는 여자에게 좋다 하여
부녀들이 즐겨 마셨으며
기침과 가래도 완화해 주는
고마운 꽃이다

진달래 추억

완연한 봄이 되어 수많은 봄꽃들이

여기저기 산과 들에 필 무렵

사월이 되어 참꽃이라 불렀던 진달래도

봄꽃들의 축제에 뒤늦게 참여해

온 세상 산과 들을 빨갛게 수놓는다

어릴 적 가난한 시절

학교 공부를 마치고 집에 오다

주린 배 움켜쥐고 산에 올라

산딸기 머루랑 보는 대로

빨갛고 푸르게 입가를 물들이며 따먹다가

참꽃도 꽃잎 한 장씩 따먹어

주린 배를 채웠고

야생화를 찾아서

배를 채우고 나선 수많은 꽃잎 따서
책 보자기 한쪽에 가득 넣어 집에 가져가
화전도 만들어 가족이 함께 먹고
혈액순환과 천식에 좋아서
큰 병에 담아 진달래 주를 만들어
가족이 나누어 마시곤 했지

잔잔하고 소박한 향을 지닌 참꽃은
예로부터 우리 민족이 두견새가 울며
울분을 피로 토하여 온 나라 산과 들을
붉게 물들였다 하여 두견화라 부르기도 했어

우리 민족의 사랑을 한몸에 받았던 참꽃
민족 고유의 정서와 가슴 아픈 이별까지
아름답게 승화시켜 시로 표현한 소월의
진달래꽃으로 평범한 사람들
가슴에 명시로 영원히 살아있다

백일홍

가을이 되어 구월이면 피고
백 일 동안 빨갛게 피며
멕시코가 원산지인 귀화한 꽃이다

꽃잎은 붉고 달걀 모양으로
옛날 어머니가 좋아하신 꽃으로
구월에서 시월이 되면
열매를 맺기도 하다

꽃말은 인연 또는 이별한
임에 대한 회상이어서인지
나는 늘 백일홍이 피는 계절이 되면
돌아가신 어머님이 생각난다

야생화를 찾아서

이젠 시골 화단에 피어있는

백일홍 한 그루를 옮겨다가

집 베란다 화분에 정성껏 심어두고

어머니가 보고 싶으면

살며시 몰래 보고 싶다

동백꽃 추억

추운 십이월에 빨간 꽃이 피기 시작해
이듬해 사월까지 피며
꽃이 진 후 그 자리에
동백 씨를 품은 둥그런 열매가 열린다

짙은 빨간 꽃잎이 여러 잎 피고서
그 가운데 노란 꽃술이 예쁘게 나와
흰 눈을 맞고 매서운 추위에서도
고고하게 견디며 꽃이 핀다 하여
꽃말은 매화와 비슷한 고고함이고

동백꽃이 많이 피기 시작하면
겨울이 가까이 왔음을 알 수 있으며
옛날에는 부녀들이 동백기름을
머리에 바르며 치장을 하였지

야생화를 찾아서

빨간 동백꽃은 달곰한 꿀을
가운데 노란 꽃술에 가득 담고 있어
시골 아이들은 자주 단 꿀 생각이 나서
동백나무에 올랐고 동백 새도 꿀을 좋아해
날아와 꿀을 빨고 간다

어릴 적 내 막내 여동생도 꿀을 빨아 먹고자
앞마당 큰 동백나무에 올랐다가
겨드랑이 어깨에 훈장을 달았다

유채꽃

따뜻한 남쪽 지방에서 추운 겨울에도

노란 꽃을 예쁘게 피고

우리나라에선 1962년부터 유료(釉料)작물로서

많이 재배하였지

위를 좋게 하고 부종을 없애주며

잎과 꽃을 식용으로 이용하고

꽃을 말려 차를 만들어 마신다

꽃말은 쾌활이며 남쪽에선

추운 겨울에도 화창하고 노란 꽃이 활짝 펴

사람들에게 희망과 웃음을 주고

주로 나물을 무쳐 많이 먹고

따뜻하게 다린 차는 차 애호가들이

즐겨 마신다

야생화를 찾아서

나는 가끔 겨울이면

가족과 함께 제주도에 가

노랗게 핀 유채꽃을 보며

산보를 한다

할미꽃

어릴 적 나는 봄이 되면
집 뒤의 낮은 산에 자주 올랐는데
사월이면 태어나자 등이 굽은
슬픈 운명의 할미꽃을
묘소 옆에서 보고는 하였다

나는 어린 생각에 죽은 이의
넋이 할미꽃으로 피어
가까이 가지 못했는데
지금은 할미꽃을 찾아보기 힘들고
노고초라 부르기도 한 할미꽃은
뿌리와 줄기까지 약용으로 이용해
지금은 보기 힘든 꽃이다

야생화를 찾아서

슬픈 추억이란 꽃말을 가진 너
몇 년 전 봄이 되어 난 가까운
인천 대공원으로 산책을 갔고
공원을 산책하다 양지바른
산 밑 길을 걷다가 고즈넉하게 핀
할미꽃 몇 그루를 보았다

너무도 반가운 난
할미꽃 곁에 앉아
한동안 넋 잃고 지켜보았지

도라지꽃

여름에 흰색과 보라색의 꽃이 피며
뿌리는 식용으로 많이 이용하며
겨울엔 가래를 삭여 주고
혈당을 강화하고 콜레스테롤을 저하해 준다

특히 겨울이면 배와 함께 갈아 즙을 내어
기침을 예방하고
쌉쌀한 맛을 좋아하는 어른들은
약 도라지 무침을 즐겨 먹었지
지금은 우리나라 여러 곳의 높고 낮은 산에서
도라지를 캐어 식용이나 약용으로
시장에서 파는 모습을 많이 본다

야생화를 찾아서

시골집 뒷마당에 어머니는 도라질 심어
희고 보라색으로 예쁘게 핀 도라지꽃을
여름엔 나는 시원하게 옆에 앉아 바라보았지
지금도 도라지꽃을 보면
자꾸 어머니 모습이 떠오른다

백합

주로 햇볕이 직접 쬐지 않는

숲이나 수목 사이에서 자라며

순결과 변함없는 사랑이란 꽃말을 지닌

백합은 오월에서 칠월에 하얗게 핀다

흰색의 꽃이 주로 피나

간혹 불긋한 꽃이 피는 변종의 백합도 있으며

한번 피고 나면 그 자리에서 다시 자라지 않는다네

백합은 줄기에서 퉁퉁하고 긴 꽃봉오리가

두 개 또는 다섯 개 달리고

순결하고 고고한 흰 백합이 은근한 향을 풍기며

하늘을 향하거나 45도 정도 고개 숙여 핀다

야생화를 찾아서

충남 태안에 가면 백합을 많이 볼 수 있으며
나는 가족과 함께 제주도 여행을 하면서
도로변에 핀 흰 백합 한 그루를 볼 수 있는
행운을 얻었다

무궁화 소원

노랗게 메마른 무궁화 가지에서
파아란 생명이 고동치고
연둣빛 새싹들이 기지개를 켜네

따스한 햇볕 아래 새싹들이 자라고
촘촘한 가지 사이로 아기 새가 엄마 찾는
녹음이 짙어가는 여름 어느 날
작은 기쁨들이 가지마다 열렸다

간밤에 천둥 몰고 쏟아지던 소나기
어느새 한 줄기 햇살에 걷히며
가지마다 꽃망울이 수줍은 얼굴 내밀고
검푸른 잎사귀 주렁주렁 이슬 머금고
또르르 한 방울 떨어뜨리다
여리디어린 연분홍 꽃잎 위로

야생화를 찾아서

백 일을 연이어 피고지고 또 피며

한민족의 혼과 정기 타고난 무궁화

환하게 피어라 온 누리에

사찰에 핀 매화

추운 겨울 혹한을 이겨내고
일찍 피어 짙은 향을 뿜어내며
이른 봄 사찰을 찾는 관광객을
반갑게 맞이해 준다

낮고 따뜻한 곳에서 자라
꽃이 피었으면
이렇게 코를 찌르는 아름다운 향을
낼 수 없다는 노스님의 말씀
인간도 혹독한 고난을 이겨낸 자가
주변의 이웃을 살피며 봉사할 수 있다

낮고 따뜻한 곳에서 편히 자라고 싶지만

올겨울도 묵묵히 매서운 추월 이겨내려고

가을 지내고 서서히

백옥 같던 꽃잎을 떨어뜨리며

혹한의 겨울을 준비하고 있다

episode II.

교직 생활의 추억

교육공로패

제56964호

시흥매화초등학교
교감 박 강 수

선생님은 교직을 천직으로 삼으시고 오직 국가와
민족을 사랑하는 지극한 정성으로 몸과 마음을
바쳐 새 시대의 역군을 길러내는 중책을 다하시어
민주사회 건설과 국가발전에 기여하신 공로가
지대하였으므로 그 공적을 높이 찬양하여 이에
표창합니다.

2009년 5월 13일

경기도교원단체총연합회장

하굣길 풍경

내일을 이끌 우리 아이들

조잘대고 웃으며

교문을 나서고

잘 가란 손인사로

친구들 뒤로하며

축 늘어진 책가방 덜컹거리며

학원 차에 오르고

힘든 경쟁에 나선다

열심히 잘해라

따갑게 들리는 부모 말씀

신나게 철봉에 매달려 보고

그네 미끄럼도 타고 싶지만

아이들에겐 먼 꿈속 이야기

야생화를 찾아서

흙먼지 휘젓고 간

외롭고 쓸쓸한 동네 놀이터

살며시 스쳐가는 개구쟁이 바람

졸고 있는 그네 흔들어대며

동네 아이들 어서 오라 손짓하네

소금처럼 살자

초등학교 관리자로 근무할 때 나는
아이들을 위해 학교신문에 글을 써 실었고
언젠가 소금을 소재로 글을 썼지
주제는 소금처럼 남을 위해 봉사하고
희생할 줄 아는 사람이 되자는 것이고
소금처럼 세상을 살기는 쉽지 않지만
평소 작은 일부터 남을 위해
봉사하는 생활을 하자는 글이다

나 역시 그런 사람이 되려고
평생을 노력해 왔는데
주변 사람은 오히려 날 이용해
슬픔과 고통을 안겨 주어 힘들었다
그래도 난 선친으로부터 물려받은

내 삶의 신조가 변치 않도록

남은 삶도 노력하며 살아갈 것이다

소금의 희생과 봉사를 생각해 보면

쉽게 깨달을 수 있는데

배추를 절여 김치를 담그는 일

생선이나 고기를 절여 보관하여

맛있는 요리를 하는 일

이렇게 많은 도움을 우리에게 준다 생각하면

저절로 머리가 숙어지지 않을 수 없지

여러분도 성장하면 소금을 닮도록 하자

별 이야기

별 얘기는 들어도 끝이 없는

재미있고 신비한 얘기가 많으며

별자리를 관찰하고자 아이들과 함께

별 관측소를 가면 난 나도 모르게

졸고서 깜짝 놀라곤 하였지

날씨가 좋아야 선명한 별자리를

관측할 수 있는 행운을 얻고

북극성을 중심으로 국자 모양의 북두칠성

그 주변의 곰자리와 황소자리 양자리가 있는데

이웃한 별들을 몇 개씩 붙여서

별자리 이름을 만드는데

계절에 따라 볼 수 없는 별자리도 있다

야생화를 찾아서

어두운 밤하늘을 수놓는 아름다운 별을 볼 수 없다면

우린 얼마나 삭막한 세상을 살아야 하는가

생각만 해도 기분이 우울해지는가

우리 모두 좀 더 오염을 줄이도록 노력하여

앞으로도 영원히 아름다운 별을 보길 기대한다

교사의 바람

햇살 한 줄기 오롯이 다가와
이른 아침 교실 창 두드리고
아이들도 하나둘 희망을 등에 메고
교실 문 열며 얼굴 내밀다

어느새 해맑은 웃음소리
조용하던 교실 공기 가르고
오늘 하루도 습관처럼
나는 말없이 염원하며
아이들 하나하나의 마음을
따스하게 만져주고 녹여주는
가느다란 한 줄기 햇살이길

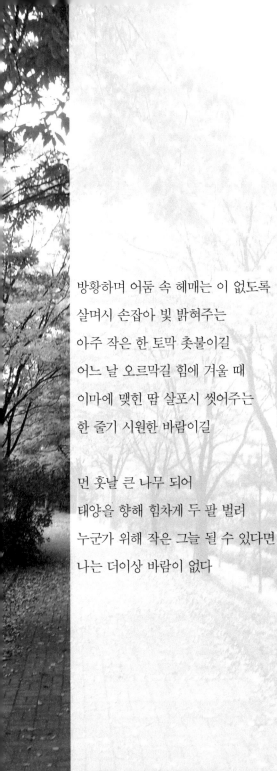

방황하며 어둠 속 헤매는 이 없도록
살며시 손잡아 빛 밝혀주는
아주 작은 한 토막 촛불이길
어느 날 오르막길 힘에 겨울 때
이마에 맺힌 땀 살포시 씻어주는
한 줄기 시원한 바람이길

먼 훗날 큰 나무 되어
태양을 향해 힘차게 두 팔 벌려
누군가 위해 작은 그늘 될 수 있다면
나는 더이상 바람이 없다

명예퇴임을 하면서

평생을 한 자리에서
참되고 꿋꿋한 인간을 기르고자
해맑은 동심을 가꾸며
푸르고 맑게 살아온 나

춥고 고단한 교단에서
사십 년 가까이 젊음을 다 바쳐
열정으로 어린 꿈나무들을
가르쳐온 지난 세월

코스모스가 꽃망울을 피워 올리는
좋은 계절에 훌륭한 선배 동료와
후배 선생님들이 자리한
평생 잊지 못할 좋은 이 자리 섰습니다

야생화를 찾아서

이제 새로이 붓을 들어

사십 년 동안 간직한

감성을 일깨워

가슴에 시심(詩心)의 모닥불을 피우며

멋진 제2의 삶을 살며

꿈이 자라는 아름다운 동산에

푸른 나무를 울창하게 가꿀게요

건강한 모습으로 다시 만나길

간절히 기원합니다

네팔 여행의 추억

세계의 지붕이라 불리는 히말라야 산맥
바로 가까이 위치한 나라 네팔
나는 학교 관리자로 근무할 때
굿네이버스 단체의 선정에 의해
네팔 봉사여행을 하는
행운을 얻게 되었다

여행을 떠나기 전 학교에서
학생들이 쓰고 남은 학용품과
학급에서 쓰고 남은 학습자료들을
각 교실에서 모아 깨끗하게 포장하여
네팔 여행을 떠났고
우리는 단체에서 후원하거나 협조하는
초등학교를 방문하여 봉사활동과
학생들을 직접 교육하기로 하였다

야생화를 찾아서

허름한 시골 학교를 방문한 우리 일행은
순수한 학생들의 열렬한 환영을 받고 나서
노력봉사를 하였고
우리가 가져간 빵으로
그곳 학생들과 맛있게 점심을 먹고서
노력봉사를 하였지
나는 미리 준비한 헌 옷으로 갈아입고서
무너진 학교 담을 벽돌 싸서 다시 쌓았고
다른 팀은 색깔이 벗겨지고 보기 흉한 벽을
페인트칠하였다

야생화를 찾아서

오후엔 조를 나눠 난 미술을 지도하기로 하였고
미리 준비해간 색종이와 수숫대를 이용하여
바람개비를 예쁘게 만들게 했으며
아이들은 신이 나서 저마다의 실력을 발휘했지
귀국 이틀을 남기고 우리는 고산 마을을 찾아보고
그곳에서 생활하는 어려운 아이들을 만나
생활환경도 개선할 수 있도록 돕고
준비해간 이불 한 채씩 선물하였지
너무도 소중한 봉사 여행이었다

비무장지대 나는 새

임진강 강물 위를 오가는 새
남과 북의 경계가 없는
너무도 평화롭고 자유로운 새

나는 강화도 비무장지대 옆
초등학교에 근무했는데
그땐 시간이 나면 비무장지대
옆 마을을 찾아 호기심 나고 오싹한
재미있는 얘기도 들었다
무심한 새들아 가끔씩 북녘에 두고 온
가족들이 생각나 임진각을 찾는 실향민들에게
고향의 그리운 이 소식을 전해 주려무나

야생화를 찾아서

내가 근무할 당시 여름엔

교실 창문도 열 수 없을 정도로

대남방송이 심했고

처음 그곳에 근무할 시에는

처음 접한 일이라 너무 무섭고 힘들었다

이제는 좀 조용해 져서

실향민은 물론 많은 관광객들이

찾아와 망원경으로 북한 마을을

구경하는 관광지가 되었다

episode III.

자연과 가족사랑

내 고향

수만 리 소백산 줄기 돌고 돌아
먼발치서 파도 소리 들리는 곳
나지막한 산자락에 둥지를 틀었지

햇볕도 놀고 가는 아늑한 삼태기 마을
오순도순 자리 잡은 낡은 초가들
대대손손 모진 정 새끼처럼 얽혀져
가난을 숙명처럼 머리에 이고 앉았네

사슴이 뛰놀던 전설의 낙원
잊혀져간 먼 얘기 들려줄 이 없고
노부부 가빠지는 쉰 기침 소리만
허름한 초가집 문 사이로
찬 공기 가르며 울려 퍼지고

솔가지 타는 흰 연기 낮은 하늘 맴돌며

긴 어둠 끌면서 땅거미 드리울 제

산비둘기 하나둘 짝지어 찾아들고

한가로이 모이 찾던 암탉 가족도

닭장 속에 둘러앉아 행복을 꿈꾼다

대나무밭의 추억

어릴 적 대나무밭에 간이의자를 만들어 놓고
앉아서 책을 읽고 공부도 하였지
대나무는 내 곁에서 흔들거리며
아름다운 노랠 불러주었지

봄 일찍 죽순이 나오면
이를 꺾어서 맛있는 된장국에 넣어
온 가족이 맛있게 먹었고
죽순은 식용으로 이용되고
자란 큰 대나무는 베어 죽공예품 원료로 팔아
어려운 집안 살림에 보탰다

야생화를 찾아서

밤마다 대나무밭엔

온갖 새들이 날아와 자고 갔으며

산토끼도 가끔 찾아들었지

나는 어릴 적 아무도 모르게

작은 대나물 베어 가늘고 납작하게 만들어

방패연을 만들었지

아침 일찍 날린 연은 하늘 높이

내 꿈을 싣고 날며 학교에 갈 땐

대문 옆 나무에 묶어놓고 가고

학교 끝나고 집에 와도 높이 날고 있었지

연줄에 병 깬 가루를 발라

동네 아이들과 연싸움을 많이 했으며

대나무는 유익한 여러해살이 식물이다

봄비

그토록 목마르게 기다린 님
연둣빛 어린 잎 살포시 적시며
소리 없이 나무 등 어루만지며 내리다

얼마나 애타게 소망하였나
꽁꽁 언 저린 발 곧추세우며
기인 고통의 시간도 아름답게 추억할
봄이 빨리 오길
노랗게 메마른 잔디 속에
앙상하게 뻗은 산수유 가지에
파란 생명 꿈틀거리고
샛노란 꽃망울 기지개 켠다

야생화를 찾아서

공원 보도블록 사이로

삐쭉 고개 내민 한 포기 제비꽃

삶은 소중하고 아름다움을

무거운 발걸음 옮긴 이에게

작은 기쁨 되어 위로하려나

소리 없이 새벽부터 내리던 봄비

어느새 한 줄기 햇살에 걷히고

나무마다 꽃망울이 훌쩍 커지고

풀꽃들도 분주하게 축제를 준비한다

흐드러진 한바탕 봄의 축제를

늦가을 시골풍경

가을 감을 아쉬워하는 듯
실가지 끝에 대롱대롱 매달려
찬바람에 부르르 떨고 있는 나뭇잎
거센 바람 견디지 못하고
하나둘 셋
자꾸만 떨어져 흩날리다

어린 새싹 움트며 꿈꾸던 희망
무성했던 지난여름 행복한 추억
메마른 나무 밑동에 고이 묻어두고서
데굴데굴 어디론가 굴러서 가네

까치 먹다 간 빠알간 홍시 하나
위태롭게 붙잡고 있는 늙은 감나무 가지
몸속 파고드는 차가운 삭풍 피해
어느새 겨울을 준비하고

야생화를 찾아서

이 집 저 집 아낙네 한데 모여
감칠맛 입담 섞어 양념 버무리고
아픈 허리 두드리며 김장하는 모습
이젠 보기 드문 아련한 풍경인가

연탄 수레 끌며 비탈진 골목 오르는
동네 할아버지 헐떡이는 숨소리
순박한 아이 하나둘 어기저기서 달려와
영차영차 수레 뒤를 민다
고단한 산동네 마을 기인 겨울은
정 많은 아이들 땀방울과 함께
멀리서 소리 없이 다가온다

운악산의 가을

구름 한 점 없는 파아란 가을 하늘
호수를 헤엄치듯 고추잠자리 떼 지어 날고
쏟아지는 따가운 햇볕에 영글어가는 밤송이마다
토실토실한 알밤이 고개 내민다

가는 여름 아쉬움 목청껏 노래하는
이름 모른 매미들 합창 소리에
작은 풀벌레 한 마리 졸음 참지 못해
풀숲 도토리 잎에 숨어 낮잠 자고
시원하게 불어오는 운악산 솔바람
풋풋한 풀 내음 코끝을 자극하고
여기저기 피어 있는 야생화 향기에
잣나무 밑 청솔모도 떠날 줄 모르네

야생화를 찾아서

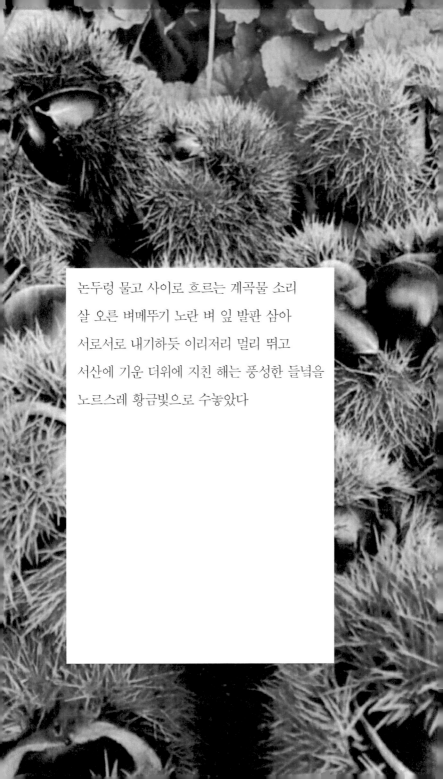

논두렁 물고 사이로 흐르는 계곡물 소리
살 오른 벼메뚜기 노란 벼 잎 발판 삼아
서로서로 내기하듯 이리저리 멀리 뛰고
서산에 기운 더위에 지친 해는 풍성한 들녘을
노르스레 황금빛으로 수놓았다

풀잎 노래

어둠이 짙게 내려앉은 산마을에
침묵의 그림자가 드리워지고
산자락 풀잎들 새벽바람에 흔들리며
고운 저음으로 노래하네

새벽잠 없는 솔가지 멧새
풀잎 노래 장단 맞춰 꼬리를 흔들고
부스스 앞발로 얼굴 비비며 세수한 산토끼
멧새들 합창에 엉덩일 들썩이며
초가지붕 처마 밑에 고단한 몸 웅크려
늦잠 자던 참새 가족도
귓가에 들려온 노래 소리에
날개를 털며 후드득 뒷산으로 날아가고

야생화를 찾아서

산새들 모두 모여 새벽 침묵 깨면

풀 밑에서 잠자던 풀벌레도 신이 나

풀잎 노래 장단 맞춰 울어대고

잠 없어 일어난 시골 마을 노인네도

이부자리 들썩이며 콧노랠 부르다가

차갑게 꺼진 아궁이에 솔가지 넣으며

온돌방 아랫목 온기를 높인다

가을의 한낮

나이 들면

울긋불긋한 가을을

좋아하게 되나 보며

홀로 공원 벤치에 앉아

떨어지는 낙엽 바라보니

지나온 삶의 추억

하나둘

발 옆에 떨어진다

낙엽 하나엔

행복했던 시절

웃음 수놓아 있고

다른 낙엽 하나엔

힘들었던 시절

눈물 자국 얼룩져 있네

야생화를 찾아서

나이 듦은 반갑지 않은

손님과도 같네

푸르던 나뭇잎

온몸을 불긋하게 단장하고

갑작스레 나에게 찾아온다

아쉬움도 미련도 모두 버리고

바람에 몸을 맡겨 떨어지며

우리 모두의 고향

자연의 품으로 돌아간다

보다 아름답고 풍요로운

내일을 꿈꾸며

꽃과 벌

살며시 내려앉아
살포시 두드리며
서로 돕는 벗 되자
입맞춤하며 속삭이며
작고 보잘것없는 꽃이라도
아낌없는 사랑 줄 수 있어
파르르 떨며 대답하는
작고 흰 말발도리 꽃

부지런한 녀석들
어딘가 멀리서 날아와
달달한 꿀 술 취해
이리저리 헤매다가
부울룩 한입 가득
머금고 날아가다

야생화를 찾아서

꽃은 쓸쓸히 시들어
외로움만 깃들고
향기 잃은 미소 입가에 머금은 채
마른 꽃잎 한 잎 두 잎
떨어뜨리고

꽃이 진 자리에
자그맣고 볼품없는 혹
벌 친구가 남긴 귀한 선물
튼실하게 잘 자라길
앞다리 비벼 기원하며
멀리멀리 날아간다

바람의 노래

공원의 작고 큰 나뭇잎들이 하늘거리며
여러 들꽃들도 요란스럽게 흔들리고
시원한 여름에 부는 바람
한들거리는 들꽃이나 잡초들의
친구가 되는 바람
어느 곳이나 자유롭게 여행하는 너

갈대들의 슬픈 노래
산과 들의 이름 모른 풀잎들 아름다운 멜로디
어디선가 신나게 부는 악기 소리며
예쁜 목에서 나오는 목소리다

야생화를 찾아서

오늘도 한결같이 불어온다
이 바람이 여름에 분다면
기쁜 맘으로 얼굴에 흐르는
땀을 시원스럽게 닦을 것이다
추운 겨울에는 환영받지 못한다

불어라 거세지 않게
거세고 사나운 바람은
어부나 농부 어느 누구도
환영하지 않는다

고향 시냇가

팬티까지 젖으며 물고기 쫓고
새우 잡던 개구쟁이 고향 벗들
어릴 적 추억에 젖어
보고 싶은 벗 이름 목 놓아 불러보네

젖은 옷 말려 입고 집에 가고자
따뜻한 냇가 자갈밭에 누워
깔깔 웃으며 추억을 얘기하던
그들의 모습은 보이지 않고
쉰내 목소리만 온 동네 돌고 돌아
먼 앞산까지 갔다가 메아리 되어
힘들게 돌아오다

지금은 모두 어디선가 잘살고 있는지

무소식이 희소식이란 말을 믿으며

조용히 그들 위해 손 모아

염원해 본다

슬픈 매미

어두운 땅속에서 수년을
볼품없는 벌레로 살며 어린 시절 보낸
가엾은 곤충

이제 겨우 예쁜 날개 펴서
밝은 세상 나는 연약한 매미
기쁨을 노래하는 듯
저리도 목 아프게 울어 댄다

이 나무 저 나무 가지에 숨어
폭염에 시달리는 사람 달래 주고
철없는 애들 시원하게 나들일 즐기게 하는
아름답고 서글픈 매미 노래라네

왜 이리 불쌍한 운명을 타고났는가

뜨거운 여름 시원한 나무에서

오래도록 살아야 하는데

보름 정도 저리도 구슬프게

노래하다 죽어야 하는 슬픈 운명이여

눈 내린 아침

아침 일찍 창문이 환해
밖으로 눈을 돌리니
온 세상이 밤새
눈 속에 하얗게 묻혔다
누가 어느새 이 땅에 내려와서
온 세상을 하얗고 아름답게 만들었다

눈 덮인 들과 산은
한 폭의 동양화
어느 유명 화가의
일생을 바친 걸작인가

오롯이 큰 액자에 담아

내 마음에 걸어 두고

삶이 힘들고 고단할 때면

깨끗하고 포근한 정 느끼며

소박하고 깨끗하게 살고 싶다

섣달 그믐날

한 해를 어쩔 수 없이 보내야 하는 마음
거실의 뻐꾸기시계도 아는 듯
한 해의 마지막 자락을 꼭 붙잡고서
느리잇 느릿 바늘을 끌고 가네

찬바람에 오들오들 떨고 있는 나무
시들어 가는 이름 모른 잡초들
기인 밤 떨던 몸 온기로 어루만져 주던
따스한 사랑 그 마음 변치 않았건만
중천을 지나 서쪽으로 기우는
마지막 해를 무심히 바라보고 있다

야생화를 찾아서

붉게 물든 저녁노을 머리에 쓰고

살며시 고개 숙인 섣달그믐

마지막 날 태양은

새 꿈 부푼 희망 가득 안고 오려는 듯

긴 땅거미마저 서둘러 거두며

서산 넘어 미지의 세계로 총총걸음 옮긴다

눈꽃

하얗게 나무들이 꿈을 꾸고 있다

살랑살랑 봄바람과 설레는 입맞춤

녹음 짙은 잎 사이로

산새들은 재미있게 숨바꼭질하며

가슴 벅차게 풍요로웠던 황금빛 얘기도

이젠 포근한 추억 속에 묻고

하얀 이불 속에서 꿈을 꾸다

흰 눈을 짊어진 나무들이

야생화를 찾아서

구슬땀을 흘리고 있네

벌거벗은 어깨 위로

몇 겹으로 내려앉은 삶의 고통 지고서

연약한 가지마다 축 늘어져

지긋이 인내하며 시린 땀 흘리고

세상 무엇보다 깨끗하고 순결한

수만 송이 눈꽃이 산에 피었다

만추(晩秋)

텅 빈 들판을
황소바람이 휩쓸고 가고
저만치서 논두렁을 맴돌던
농부의 한숨 소리도 함께 몰고 가네
흉년을 아는 듯 들쥐 한 마리
열심히 벼알을 찾고 있다

장난꾸러기 시골 아이들
흑염소 두 마리 이리저리 몰고서
저녁연기 피어오르는 산골 마을 향해
장난치고 콧노래 흥얼대며 뛰어가고
낙엽 구르는 골목길에
차가운 가을비 보슬보슬 내리고
힘들게 비틀거리며 언덕길 오르는
가난한 농부의 탄식 소리도 함께 씻어간다

야생화를 찾아서

힘든 농촌생활 조금은 아는 듯

골목의 가로등도 희미하게 졸고 있고

개구쟁이 꼬마 녀석들

롤러스케이트 힘차게 지치며

높고 경사 심한 골목길을

환하게 웃으며 미끄러져 내려온다

일출(日出)

신나고 즐거운 일인 동해안 가는
ktx가 개통된다고 한다
옛날엔 일출을 보기 위해 많은 고생을 하였고
돌아올 때 역시 고생을 했다

새해 아침엔 일찍 오는 잠을 참고 눈을 비비며
동해 바다를 찾아 가족이나 벗들과 함께
찬란하게 바닷물을 헤치고
솟아오르는 새해 첫 해를 보고
자신과 가족의 건강과 새해 소망을
빌고 또 빌었지

바다나 산으로 일출을 보러 가지 못한
이들은 서울의 보신각종을 찾아

주변에 몰려들어 우렁차게 새해 첫날 33번 울려 퍼지는
새해의 이른 새벽에 타종 행사를 보러 갔다
가족의 건강과 새해 소망이 이루어지길
간절하게 기원하는 모습은 모두 같았다

동해로 일출을 보러 가지 못한 어느 해 난
가족과 함께 새해 아침 일찍 두툼한 옷을 걸치고
고양의 행주산성을 올라
찬 손을 호호 불며
일출의 장관을 기다렸지

거기에 온 모든 이들이 일시에
탄성을 질러 새해의 찬란한 햇살이
멀리 보이는 산 위의 구름을 거두고
솟아오르는 황홀한 일출의 장관을 보며
박수를 쳤다

고사리

고사리는 어디서나 살 수 있는 생명력 강한
양치류 식물이며
사람들이 즐겨 먹는 나물로서
몸에 좋아 사랑받고 있지
조상을 모시는 숭고한 제사상에도
많이 오르는 제찬 나물이나
어떤 이는 암을 유발하는 독초나물이란
잘못된 소문을 퍼뜨리기도 하였지

높고 험한 산에서도 잘 자라
이를 채취하기 위해선
등산도 마다하지 않아야 하고
낮은 포복 자세로 산이나 들을
올라가야 하며

야생화를 찾아서

이렇게 채취한 고사리는 말리고 삶아

나물이 되어 온 가족이 앉은 식탁에 올라

식사하는 가족들의 밥숟가락을 가볍게 하였다

전국의 양지나 음지의 산이나 들에서

자라며 많은 사람들의 건강을 위해

사랑받으며 잘 자라길 바란다

남해 바다

때로는 고요하고 잔잔하며

때론 한순간에 돌변하는 화나고 무서운

두 얼굴의 네 모습

그래도 난 어릴 적 네가 좋아

울적하고 서글픈 마음 달래고

기쁘고 즐거운 마음 얘기하려고

가끔씩 높고도 험한 옆 산을 넘고 넘어서

힘들게 너를 만나러 가곤 했지

시골을 떠나 상급학교 진학을 하면

방학 때마다 간식을 싸들고

너를 찾아갔지

내 맘에 은밀하게 자리한

속마음을 풀어놓고

가슴 속에 품은 내 꿈도 얘기하면
너는 스승처럼 다정하게 들어 주고
포근한 엄마의 맘으로 내 가슴을
어루만져 주었지

변덕스러운 너는 가끔씩
갈매기들 울음 소리와
멋지게 나는 모습 보여 주고
뱃고동을 신나게 울리며
먼바다를 항해하는 여객선과
웅장한 유람선 꿈같은 풍경
나에게 보여 주곤 했지

비둘기의 슬픔

평화를 상징하는 새라며 귀한 대접받던 비둘기
이젠 유해한 균을 옮긴다고 천대를 받는 너
어릴 적 친구들과 자주 찾았던
시골집 옆 넓은 대나무 숲
밤마다 비둘기들이 구구대며
잠을 자는 곳

우리는 장난이 심해 밤이면
대나무 숲을 찾아 한 그루씩 잡고
있는 힘껏 마구 흔들어대며
정신없이 잠을 깨 흩어지는
비둘기를 보며 깔깔대며 웃었지

야생화를 찾아서

오래전 우리 아파트 앞 공원에는

비둘기가 많아 비둘기 공원이라 불렀고

나도 이들에게 예쁜 집을 만들어

나무 위에 끈을 매어 달아주고

시간 있으면 공원에 나가 비둘기 집을 바라보았다

이젠 그 공원에 비둘기도 많이 사라지고

먹일 주는 사람도 볼 수 없어

지금은 사람들이 비둘기를 두려워하고

비둘기가 좋아 아장아장 걸으며

두 팔 벌려 쫓아가는 귀여운 아길

아기 엄마는 깜짝 놀라

얼른 붙잡는다

물 여행

선친께서 일찍 내 이름을
편하게 흐르는 물처럼 자유롭게 살길
바라는 깊은 뜻에서 지어 주었지
그러나 난 이름대로 편안한 삶을 살지 못하고
너무도 험난한 길을 걸어야 했고
당신은 이 세상을 일찍 떠나고
어머니와 우리 오 남매 앞에는
험난한 길이 펼쳐져 있었다

나는 열심히 공부하여
교육대학에 진학하여
편안한 교직의 길이 펼쳐지길 바랐으나
약한 몸으로 아이들에게 시달리고
가난한 집 큰아들 노릇 하며
어머니 모시고 동생을 보살피며
힘들게 살았지

야생화를 찾아서

그래도 난 희망을 잃지 않고

물처럼 자유롭게 흐르며

하고 싶은 일을 하고자

주말이면 가벼운 몸으로

카메라를 들고 산과 들, 바다를 찾아서

야생화를 관찰하고 자연의 아름다움을

영상으로 담으며 그들을 사랑했지

야생화를 찾아서

취

잎 가장자리에 톱니가 나 있으며

잎은 짙은 녹색이고 꽃은 희거나 노랗게 피고

곰 취 수리 취 참 취 울릉도취 등 여러 종류가 있다

어린 순은 질 좋은 나물로 알려져

요즘엔 들이나 밭에서 다량으로

재배하기도 하여

시장에서도 많이 볼 수 있으며

많은 사람들이 쉽게 사서

나물로 무치거나

떡을 해 간식으로 먹기도 하였다

달래

옛부터 약재로 많이 써
어릴 적 난 집에 오면
밭에서 달래를 많이 캐어
시장에 가서 몰래 팔아 용돈으로 썼지

달래 잎은 가늘고 푸르며
뿌리는 동그랗고 하얗다
물 빠짐이 좋은 곳에서 자라며
여름엔 휴면기에 들어가고
가을에 잘 자라는 채소이다

야생화를 찾아서

요즘에는 식용이나 사람 몸에도 좋아

밭에서 많이 재배하고

봄에 씨앗을 심고 가을이 되어 싹이 돋아

팔월에 푸르게 자라 열매를 맺으며

춘곤증에 좋으며 동맥경화에도 효과가 있고

소아마비 진통을 가라앉혀 준다

보리 서리

중부나 남부지방에서 시월경에 씨를 파종하여
쌀이 부족한 옛날에는 보리쌀로 밥을 지어
깡 보리밥을 자주 먹어 학교에서 공부하다가
여기저기서 뽕뽕 방귀를 뀌었고
부끄러워 서로 자기가 안 뀌었다고 숨겼다

어릴 적 배고픈 시절 나는 새우를 잡으며
냇가에서 놀다가 싫증이 나면 주변의 보리밭이나
밀밭으로 발을 옮겼고
어떤 애는 재빠르게 냇가 바위 밑에 숨겨놓은
성냥을 꺼내오고 우리는 둘러앉아 보리 서리를 하며
두 손이 새까맣고 입가 주변의
얼굴은 흑인으로 변한 줄 모르고
뒤늦게 서로의 얼굴을 보며
깔깔 웃으며 놀리곤 하였지

야생화를 찾아서

변비 예방에 좋고 성인병 예방에도 좋은 영향을 준다는

지금은 시골에서도 쌀에 비해 맛이 떨어져

잘 재배하지 않는 귀한 보리

미국에선 최근에 10대 건강식품에

당당하게 보리가 선정되었다

가끔 나는 시골에 가면 찾아보기 어려운

보리밭을 찾아 논둑을 하염없이 걷고

옛날의 추억을 더듬으며 나도 모르게

웃음을 날렸다

쑥 캐는 추억

이른 봄에 나는 칼이나
가벼운 바구니를 들고 나가 길가나 밭두렁에서
잘 자라는 보드란 쑥을 많이 캐어
가족과 함께 국을 끓여 먹었지

부인병 치료에 효능이 있어 몸에 좋으며
주로 경기 이남에서 자라는 다년생 식물이고
어린 쑥은 국거리 생즙 쑥떡으로 이용하며
강화 쑥은 지혈과 조혈 효과 살균작용
그리고 복통에도 효과가 있다

단군신화엔 곰이 쑥과 마늘만 먹고 자라
웅녀가 되었다는 신화가 있으며
단오 날 아침엔 쑥을 베어다가 대문 옆에 세워두고
여러 가지 액을 쫓았다 한다

야생화를 찾아서

요즘은 도시 시장에서 쑥을 살 수 있으며

많이 사온 쑥은 잘 말려

쑥떡을 만들어 아이들에게 간식으로 주고

나도 초봄이 되면 가족과 시골에 내려가

논둑이나 밭둑 여기저기서

쑥을 많이 캐어 온다

녹차를 마시며

건강을 위해 우리 생활에서
많은 이가 마시는 차가 녹차이며
녹차 잎은 이른 봄
새 부리 모양의 작설을 최고 좋은 찻잎으로 치며
이로 만든 차가 작설차이다

콜레스테롤과 혈당을 낮춰 주고
녹차 하면 보성 녹차 밭을 유명하게 생각하며
나도 우리 고향에서 가까운 곳에 있는
보성 녹차 밭을 자주 찾고 있으며
녹차가 내 입에 맞아 하루에 한두 잔
시간이 나면 마신다

야생화를 찾아서

몇 년 전부터 보성 녹차 밭도
새해 무렵 축제를 하며 휘황찬란하고
화려한 축제를 벌인다

소중한 두 아이

일찍 결혼하여 얻은 소중한 두 아이
미아 될 뻔하였던 우연하고도
어두운 과거를 가졌지

시골 가다가 너무도 혼란한 서울 버스터미널에서
맏아이를 잃을 뻔하였고
명절날 난 직원과 만나 학교 상사를 찾아뵈려고
정신없이 버스를 탔는데
못난 아빠를 좋아했던 둘째는 날 쫓아오려다
찻길을 잘 몰라 얼마를 엉뚱한 길로
걸으며 울고 헤매다 외딴 아저씨에게 붙들려
전봇대에 묶였던 가슴 아팠던 과거

야생화를 찾아서

아이를 너무 사랑했던 엄마는

어느 하나라도 잃었다면

오늘의 자기도 없었을 거란다

나도 역시 생각하기 싫은 아픈 과거였지

우리 부부에겐 언제나 소중한 듬직한 두 아들

다래 따먹기

그냥 지나칠 수 없어 달콤하고 향긋한 유혹을
굶주린 배를 움켜쥐고 이리저리 살피다
배가 부르도록 따먹었지 하얀 솜사탕 과자를

다래를 많이 먹으면 눈썹이 빠져
문둥이가 된다는 어른들의 말씀
귀한 목화를 보호하려고
무서운 말을 퍼뜨렸지

다래가 크면 하얀 목화솜이 되어
헐벗고 추운 우리들의 소중한
겨울 방한복이 되어 반질반질하도록 입었지

야생화를 찾아서

문익점 선생께서 우리 민족이 겨울 추위에

떠는 모습을 안타깝게 여겨

중국에 갔다가 몰래 붓뚜껑에

목화씨를 들여왔지

등산객 행렬

하늘과 닿을 듯한 높은 곳
이상향을 향해 모두가 한마음 되어
오르고 또 올라 겨우 도착한 곳
꿈속에 그리던 이상향

모두가 기진맥진하고도
성취감을 이룬 기쁨에
야호 소리 외치며
멀리 보이는 아름답고 놀라운
신비로운 비경을 바라보면서
내려온다 기쁨에 벅찬 맘 안고서

야생화를 찾아서

언제인가 가까운 분들이 다시 만나

함께 또 오르자 힘든 것도 잊고서

다음에 오를 장소를 약속한다

또 다른 이상향을

연탄과 김장

왜 저리도 아름다운가
땀을 흘리며 높은 언덕길을 오르는
젊은이들의 연탄재 묻은 손
빨갛게 매운 고춧가루를 묻히고도
웃음을 잃지 않는 앞치마 두른
아줌마들의 예쁜 손

저들이 나른 사랑의 연탄과
빨갛게 담은 맛있는 김장은
모두가 한곳을 향하는
아름답고 따뜻한 마음
사회의 어둡고 추운 곳에서
어렵게 생활하는 할머니 할아버지 댁과
한 끼도 제대로 못 드시는 길거리 노숙인
마음까지도 따뜻하게 녹여주는
사랑과 고마운 손이라네

야생화를 찾아서

요즘은 우리 사회도 어려운 이웃을 돌아보고

안아주려는 예쁘고 아름다운 맘을 가진 자들이

점차 많아지는 따뜻한 사회로 변해가고 있다

이 얼마나 함께 사는 아름답고 밝은

미래 조국의 모습인가